Rudolf G. Binding

Moselfahrt aus Liebeskummer

Novelle in einer Landschaft

Fotografien von Günter Pump

Husum

Fein zart unmerklich ist ihr Zauber

VIEL GENANNT – kaum bekannt: das ist noch immer das Los des Flusses und der Landschaft. Man spricht den Namen der Mosel rasch und geläufig, zugehörig und vereinend mit dem des Rheines aus.

Aber es liegt nur eine Gewohnheit, eine Oberflächlichkeit, eine wirklich falsche Vorstellung darin. Die Mosel liegt abseits. Auch ihre Schönheit, ihre Reize sind abseits. Fast könnte man sagen: fremd. Fein zart unmerklich ist ihr Zauber, den dennoch jeder Empfindende an sich erfährt. Er ist sanft, aber sehr eigen. Er ist stark, aber verhalten. Er ist eindringlich, aber stille. Er ist Licht, aber gedämpft. Er ist tief, aber ungewöhnlich. Er ist bestimmt, aber nicht handgreiflich. Er ist unvergesslich, aber leicht.

Jede Landschaft, so scheint es, muss neu erobert werden von dem Geschlecht der Lebenden. Anders trügt sie. Nichts kann trügerischer sein als die Bilder und die Schilderungen, die eine andere Zeit sich von diesem Fluss und Land gemacht hat. Das Mittelalter verwandelte die Landschaft um der Burgen und Mauern, der Wehr- und Wachttürme willen, die in den Anschauungen und im Leben der Menschen eine so große Rolle spielten, in einen Aufbau von Bastionen, die die Natur ihm zuliebe gleichsam anbot und ausgebildet hatte. Die Weinberge der damaligen

Die Weinberge der damaligen Zeit sahen sicher nicht anders aus.

Zeit sahen sicher nicht anders aus als die heutigen. Aber die Vorstellung übertrug den befestigten Charakter des Landes auf sie, und sie mussten darin mittun. Dann kam – viel später – die Zeit der Romantik und forderte auch von der Mosel ihr Teil. In dieser Zeit sahen die nämlichen Berge und Hügel wilder, zerrissener, fantastischer, romantischer aus als je. Die Vorstellung der Menschen, der Wunsch nach Romantik, war stärker als die Natur und sah einen Zustand in sie hinein, der über ihre eigenen Gefühle, aber nicht über das Gesicht des Landes bündigen Aufschluss gab. Jeder Hang wurde verstellt, jeder Felsbruch vergewaltigt. Ruinen „schmückten", das Land und wurden betont und vermehrt, wo irgend der Anblick es zuließ.

Das Mittelalter verwandelte die Landschaft.

Das Bild der Landschaft folgte der Neigung der Zeit. In ihren Veduten, zahllosen kleinen Stichen und Ansichten, die dem heutigen Besucher noch allenthalben in den altertümlichen Schenken, Häusern und Gaststätten begegnen, ist die wahre Landschaft kaum wiederzuerkennen. Wird man unserem Auge später einmal den Vorwurf machen, seine Sachlichkeit, sein Wirklichkeitssinn, seine Bescheidung habe der Landschaft gleiche Gewalt angetan?

Wie auch immer: die ganze Romantik der Mosel stammt aus dem romantischen Auge einer vergangenen Zeit. Die Mosel ist ehrlicher – nicht zu ihrem Nachteil. Ihr Zauber, ihre Schönheit sind größer und tiefer, sind wirklich die der Natur in Verbindung mit menschlichem Leben. Köstlicher und wahrer sprechen Land und Fluss, sprechen die Menschen zu uns; und wir wollen so zu uns sprechen lassen.

Ruinen „schmückten" das Land und wurden betont und vermehrt.

All das durchlief mich, den Wanderer, eilig wie ein Strom von Eindrücken, den man gierig in sich hineintrinkt, um keinen zu versäumen. Kaum noch hatte ich die ersten Stationen, die ersten Strecken der Straße, die ersten Halte hinter mir. Ich sah das Tal, den Fluss, die Berge, die kleinen Orte, die Rebengelände nicht das erste Mal.

Aber alles schien dichter, schimmernder, wahrer. Es war mit einer sanften Gewalt erfüllt – wie mit einer neuen, wahrhaftigeren Substanz, einem volleren Gehalt. Ich suchte nichts. Ich begehrte nicht mehr, als mit einer Landschaft allein zu sein – wie mit etwas sehr Einfachem: mit einem Quell oder einer Wahrheit. Nun ereiferte ich mich für sie. Mit keinem anderen Fluss unseres Vaterlandes, sagte ich mir, ist die Mosel zu vergleichen. Sie ist landschaftlich westlicher, man möchte ruhig sagen: französischer als alle. Sie ist sehr anders geartet als der Rhein, mit dem sie so häufig verglichen wird, als sei sie ein „kleiner Rhein". Wo er erregt, da beruhigt, beglückt sie. Wo er Sehnsüchte weckt, da bringt sie Erfüllung. Wo er berauscht, macht sie gefasst. Wo er ins Weite treibt, da schließt sie ab. Wo er überschwänglich

Rebland mit Fluss,
Fluss mit Rebland

wird, da hält sie inne. Wo er heldenhaft eine breite Ebene und die Gebirge weithin beherrscht, die Landschaft bestimmt und sich in unablässigem Lauf unterwirft, da geht die Mosel ein Bündnis ein. Die Züge des rheinischen Schiefergebirges stellen sich ihr quer in den Weg. Wenn sie einst mit Gewalt durch die vielen Riegel der gleichförmigen Geschiebe brach, so war es doch mehr List, die sie schlangengleich

So wechselt im Moseltal Weindorf und Weinberg
in unaufhörlichen feinen Schattierungen.

TREIS MOSEL

Felsiges steiles Gebröckel, glänzend und lose, umgibt die Wurzeln der Reben.

in vielfachen Schleifen zum Ziele führte, als siegreicher Durchbruch. Immer hält sie wieder an sich, umgeht, fließt fast zurück zur Stelle des letzten Ausbiegens, begnügt sich mit Windung nach Windung zwischen dem verworfenen Getäfel, bis sie nun in einem beruhigten, belebenden Gleichgewicht mit den Elementen ruht. So wenig sie fehlen darf zwischen den wechselnden Hängen der Reben, die bald rechts, bald links, bald auf beiden Seiten sie begleiten, so wenig bestimmt sie. Rebland mit Fluss, Fluss mit Rebland in gleicher Geltung, bis weit hinauf, wo waldige Kämme die Terrassen der Berge überziehen. Diese stehen, Kulisse hinter Kulisse, oft mit den schmalen Seiten der Schieferzüge gegen den Flusslauf. Dann ist wirklich der Schiefer zerrissen. Felsiges steiles Gebröckel, glänzend und lose, umgibt die Wurzeln der Reben. Man schmeckt den Schiefer im Wein, man atmet ihn in der Luft, man riecht ihn nach flüchtigem Regen, wenn die Sonne die porösen Schichten eilig trocknet und das samtene metallene Grau wieder aufblitzt unter den Rebstöcken, als ob die Trauben auch vom Boden noch die zurückgeworfenen Sonnenpfeile aufzusammeln hätten. – Ich beschwichtigte mich wieder. Alles um mich war warm und still. Es umgab mich und hielt mich.

Wollte man den Charakter der Landschaft bezeichnen, so könnte man kaum von mehr sprechen als von leichter Ruhe, ruhiger Leichtigkeit. Und das ist viel. Legte man die beiden Charakterelemente der Leichtigkeit und Ruhe in zwei Waagschalen, sie würden sich aufheben. So sind sie gemischt zu einer bezaubernden Grazie, Reinheit und Bekömmlichkeit. Ihr Ausdruck sind der Mensch und der Wein dieses Landes.

Wein ist Denken und Tun, Wein ist Wachstum und Wohlstand, Wein ist Sorge und Genuss der Menschen. Er ist allein sichtbar und fühlbar. Er ist Rede und Antwort, Trank und Geschäft. Wo am Rhein Verkehr, Schifffahrt. Industrie sich zeigen und zu gewaltigem Bilde steigern, wechselt im Moseltal Weindorf und Weinberg in unaufhörlichen feinen Schattierungen, Eigentümlichkeiten und Überlieferungen. Jeder Wein jedes kleinen Ortes hat seine sorgsam bewahrte Ehre. Gleichen sie auch einander in dem kühlen stahlig-schieferigen Untergrund, den sie auf der Zunge nicht verleugnen (wie wenn man wieder als Schulknabe an seiner Schiefertafel leckte), so ist doch in jedem Nass, das sie darbieten, nach wechselnden Namen und Lagen ein besonderes Stück von Unnachahmlichkeit, von Lust an eigener bestimmter

Art, vom freimütig Bäuerlichen bis zur höchsten Feinheit adeliger Zucht und Genusskultur.

Der Wein hat die ganze Mühe und Kraft, ja selbst die Andacht dieser Menschen. Und dies nicht nur heimlich im kirchlichen Gebet. Ich sah einen Mann vor den sich weit erstreckenden Rebengeländen stehen, die nur zum kleinsten Teil ihm gehörten. Nun musste es reifen. Die Reben standen in der Fülle. Er blickte über das gesegnete Land. Und inbrünstiger, andächtiger als dieser konnte keiner aussehen, keiner sprechen, denken, fühlen, als er ganz tief zu sich sagte: „Nur vier Wochen Sonne."

Sein Auge wurde ein wenig feucht und sein ganzes Wesen schien in seinen Blick zu versinken.

Dort ringsum und allenthalben ist die Pflege der Weinberge mühsam. Steil und rutschig durch das Schiefergebröckel ist in den Bergen alles menschlicher Hand allein anvertraut. Während der Tiroler mit Ochsen- oder Pferdgespannen durch die

Die Reben standen in der Fülle.

Koblenz, wo der Fluss in eng zwischen Berge eingeschobener Mündung sich in den Rhein ergießt

Laubengänge der Reben pflügt, muss hier jeder Rebstock an die aufrechte Stütze einzeln hochgebunden werden, jede Düngung mit Menschenkräften herangeführt, jede Erdkrume mit Hacke und Schaufel gelockert und bereitet werden. Aber die Weinberge stehen in einer unvergleich-

lichen Pflege. Geordneter selbst als am Rhein folgen sich in den langen und längsten Hängen die Reihen der Reben bis zu der größten Parade, dem größten zusammenhängenden Weingebiet Deutschlands, zwischen Zeltingen und Bernkastel. Keine Unterbrechungen, keine Verschwendungen. Gleichgerichtet steht Armee neben Armee. Und wahrhaftig: wo die Toten in kurzen geraden Wegen unter den ausgerichteten Kreuzen auf dem Friedhof von Bernkastel zwischen den herandrängenden Weinbergen ruhen, ist es wie eine kleine unheitere, farbige Spielerei zwischen dem heiteren Ernst des grünenden reifenden Lebens. So zusammengedrängt rings von Rebbergen hat jeder Ort seine Toten dicht bei sich. Der Tod braucht nicht viel Raum und die Toten keinen Schatten. Denn der Wein braucht Sonne.

Ich war von Koblenz, wo der Fluss in eng zwischen Berge eingeschobener Mündung sich in den Rhein ergießt, sachte heraufgekommen und machte in Cochem die erste Nachtrast. An manchem schmalen dörflichen Weinnest war ich schon vorüber, an zerfallenen Burgen und Schlössern. Orte mit oft einsilbigen, fremd anmutenden Namen tauchten auf und klingen nach. Keltische Laute sind in ihnen lebendig geblieben: Treis, Cond, Carden und weiter stromauf Alf, Reil und Kröv seien nur um dieser Laute willen genannt. Mit dem Ruhm ihres Weines würde man ihnen gerechter. Aber wer, wenn er nicht seine

... und machte in Cochem
die erste Nachtrast.

„Was isst die Dame dort, die allein an dem kleinen Tisch sitzt?“

Wissenschaft und seine Einheimischkeit ausmachte, vermöchte jeden Wein zu kosten? – In Cochem nun zur Nacht wollte ich mir gütlicher tun.
Was zu trinken war, war bald entschieden. Die Wirtin beschied mich recht. „Was wollen Sie essen“, fragte die Kellnerin. Ich sah mich, statt auf der Speisekarte, nach den Nachbartischen um, die auf der breiten, dem Fluss zugewandten Terrasse unter einem durchscheinenden Rebendach standen. „Was isst die Dame dort, die allein an dem kleinen Tisch sitzt?“, fragte ich. Sie erweckte mein Vertrauen. (Ich weiß nicht, ob ich schon beim ersten Blick bemerkte, dass sie eine ganze Flasche Wein vor sich hatte.) „Moselaal blau“, sagte die Kellnerin. „Also gut!“, sagte ich, „Moselaal blau.“

Mein Vertrauen zu der Dame wuchs. Ich blickte anerkennend hinüber zu ihr. Das Gericht war ausgezeichnet. Es stand in besonderer Weise zu dem Wein. Der Fisch war in seiner Art ebenbürtig. Schlängelte er sich drunten nicht über den gleichen felsigen Schiefergrund wie droben die Reben? Er war jung und fest; er kam aus lebendigem Wasser; er roch und schmeckte nach Fels und lauterer Erde, nicht nach

„Moselaal blau“, sagte die Kellnerin.

fetten Abwässern, Schlamm, Kanälen und Industrie. Ich verbeugte mich vor dem Aal. Die Dame trank ziemlich rasch und still ihre Flasche, zahlte und ging schlafen. Ich trank bedächtiger. Der Wein schmeckte mir, der Fisch nicht minder, der Ort behagte mir, eine besondere Atmosphäre der Ufer, der kleinen Stadt in meinem Rücken schien mich einzuhüllen, ohne dass sie Aufsehens machte. Ich überdachte den Weg, den ich tagsüber gemacht. Nichts hatte sich herangedrängt. Man fühlte zwar am Anfang des Tals noch das Rheinische oder eine gewisse Rheinnähe in Menschen und Dingen – aber dann wurde alles ruhiger und ausgeglichener. Ich war es auch.

Eine besondere Atmosphäre der Ufer, der kleinen Stadt in meinem Rücken schien mich einzuhüllen.

Am andern Morgen traf ich, vor den Gasthof tretend, die Dame, ohne die ich vielleicht gestern Abend keinen Moselaal blau verzehrt hätte, eifrig und sachverständig an einem zweisitzigen schnittigen Auto hantieren, das schon auf der Straße stand. Wollte sie flussauf, flussab? Ich fasste sie das erste Mal richtig ins Auge. Ein kleines, behändes, gedrungenes, sehniges Frauenwesen, gut gebaut, aber mit einem energischen, stummen, keineswegs hübschen, wenn auch nicht unangenehmen Gesicht. Sie war braun gebrannt von Sonne, einfach und sachlich angezogen, von unbestimmbarem Alter, keinesfalls jung. „Merkwürdig", dachte ich, da mir ihre große Sicherheit auffiel. „Kleines Scheusal", übertrieb ich in Gedanken ein wenig, „beinahe

etwas männlich.“ Ich betrachtete sie. Da sah sie auf. Mein Gaffen schien sie zu belustigen. Sie strich mit dem Rücken der Hand eine beim Bücken vorgefallene Haarlocke zurück, richtete sich auf und lachte mich an. Sie lachte mich unverhohlen an –.

Ich muss ein sehr erstauntes Gesicht dazu gemacht haben. Denn nun lachte sie so –. Aber das war es gerade. Warum?

Ich *staunte* sie an. Denn so wundervolle Zähne, eine solche perlende, herrliche, geschwungene Doppelbalustrade eines Gebisses – was sage ich: einer Beißzange, hatte ich, soviel ich wusste, mein Lebtag nicht gesehen. Ein bläulicher zarter Schimmer, fremdartig und geheimnisvoll, durchspielte das Weiß. Wie eine Erklärung, eine Rechtfertigung, ein Triumph der Natur enthüllte sich plötzlich die Vollkommenheit dieses Mundes. Kein Zahn fehlte –: ich hätte es ungezählt beschworen. Die Frau bestritt mit ihrer Zahnherrlichkeit ihr ganzes Wesen, ihre ganze Schönheit. Das kleine Scheusal von vorhin war weggezaubert, in alle Winde geblasen, weggelacht, zur reizvollsten Hässlichkeit zerlacht, die man sich nur wünschen konnte. So stand sie vor mir.

Ich machte eine sehr ungeschickte halbe Verbeugung nach ihr hin und sagte wahrheitsgemäß: „Sie stören mich sehr nett in der Beschäftigung, Ihre Sicherheit zu bewundern.“ – „So? Finden Sie?“, sagte sie, und gleich zog sie die Lippen wieder fest um den schönen Schmelz ihrer Vollkommenheit. „Ich bin gar nicht so sicher heute“, schloss sie bitter und drehte sich wieder dem Wagen zu, ihn auf seine Fahrtbereitschaft überblickend.

„Wieso?“, fragte ich, „Sie machen einen sehr sicheren Eindruck in diesem Land. Ich habe gestern auf Ihre vermutete Vertrautheit mit dieser Gegend Moselaal blau gegessen wie Sie.“

„Ja, die Gegend kenne *ich* freilich – leider zu gut!“, sagte sie und lachte bei den Worten des Bedauerns.

„Wie das? Gefällt sie Ihnen nicht?“, fragte ich.

„Oh, doch – aber wenn ich eine Moselfahrt mache –. Ich fahre nämlich zu meiner

Fahren sie herauf oder herunter?

Beruhigung." Sie lachte wieder, als ob sie es halb und halb belustige, sich zu verraten: „Ich brauche Beruhigung; eine ruhige Heiterkeit, Leichtigkeit, gerade diese Geister brauche ich! – Nichts Lautes –." Sie unterbrach sich. „Wenn *ich* nämlich meine Moselfahrten mache –", schloss sie wieder, ohne den Satz zu enden.

„Den Wein rechnen Sie auch zur Landschaft?", fragte ich, da ich mich der Flasche entsann, die sie so selbstsicher am Abend vorher leer getrunken hatte. „Ja, gewiss das. Er ist wie das Land. Das werden Sie bald merken. – Aber: Sagen Sie", fragte sie plötzlich, mich musternd, „fahren Sie herauf oder herunter? Flussauf könnte ich Sie schon ein Stück mitnehmen. – Es ist verrückt genug – aber ich bin völlig ungefährlich."

„Nun? Und mich halten Sie *auch* für völlig ungefährlich?", sagte ich, in denselben Ton fallend und sehr gespannt.

„Ja", sagte sie, „wenn *ich* an die Mosel fahre –." Sie nahm rasch und gewandt ihren Platz am Steuer ihres Wagens ein, ließ

Den Wein rechnen Sie auch zur Landschaft?

Neocork

... eine ruhige Heiterkeit, Leichtigkeit ...

mir aber den Schlag zu dem Sitze neben sich offen. „Wissen Sie“, sagte sie, indem sie mich ehrlich und wie um Verständnis bittend ansah, „ich bin nämlich eine Zigeunerin; ich fahre eigentlich – aus Liebeskummer an die Mosel!“

Wie eine Zigeunerin sah sie nun freilich nicht aus, war auch sicher keine, sondern ein heißblütiges Geschöpf von irgendwoher, so es solche geben mag. Sie mochte mir wohl nichts vormachen indem sie mich einlud. Nur zum Schein stellte ich mich ein wenig zögernd: „So? Und dafür soll ich also gut sein, die gedämpfte Begleitung zu Ihrem Liebeskummer abzugeben?“ Sie wusste schon, dass ich es nicht ernst meinte, dass ich mitkäme – gern und ganz; aber sie rutschte nun von sich aus um des Spieles willen ein wenig herüber und schlug die offene Tür mit kräftigem Griff ins Schloss. „Wenn Sie nicht wollen!“, sagte sie.

Dies war die Kriegslage, als ich ruhig und ernst, während sie sich nicht im mindesten anschickte davonzufahren, von außen in den offenen Wagen zu ihr hineinsprach. „Darf man um Ihren Liebeskummer Cochem aufgeben?“, fragte ich. „Ich kenne Cochem noch nicht.“

„Nein“, sagte sie bewegt und plötzlich. „Keinesfalls!“ Sie zog die Bremse fester, und heraus war sie wieder, neben mir auf dem Pflaster stehend. „Gehen wir durch Cochem; in einer kleinen Stunde fahren wir.“

Es ist nicht gleichgültig, welche Menschen eine Landschaft anzieht. War sie, die jetzt neben mir ging, die Einzige, die ihren Liebeskummer hierher trug? Ich stellte mir vor, dass vielleicht manche und mancher insgeheim, und sogar ohne es so genau zu wissen, um Ähnliches an diese Ufer kam wie diese Frau. Es gibt heilsame Landschaften. Jedenfalls sah die Zigeunerin nicht danach aus, sich in den Fluss zu stürzen. Sie wollte sich heilen lassen. Nur der Rhein weiß von Bräuten zur Nacht, von Liebenden mit einem Todeskummer, unbezwinglicher Sehnsucht der Vernichtung, des Unterganges, des Sichverströmens. Aber hier: diese Frau schien Land und Fluss, Wein und Menschen, Luft und Licht als Gast zu bestätigen. Ich war ihnen dankbar schon im Voraus.

Gehen wir durch Cochem.

Am Markt

Hineingerüttelt in jeden Spalt, den der Schieferfels des steilen Hanges bietet, angeschmiegt und aufgestützt auf jeden kleinsten Fleck, der Steinen und Balken Halt gibt, liegen die Häuser von Cochem über- und untereinander. Der kleine Marktplatz ist auch nur eine Beule, auf deren Mitte ein Brunnen fast den ganzen Raum einnimmt. Um den Berg herum gibt es einen bequemeren Aufstieg zu dem verlassenen Kloster, das natürlich die höchste Stelle innehat. Aber wir nehmen die gewinkelten Stufen und Stiegen. Bald überblickt man die steilen Schieferdächer der Stadt in allen ihren regellosen Lagen und Höhen zueinander. Das mildmatte Blau, das sonnenstumpfende und sonnendämpfende Matt dieser Dächer, das kaum

Bald überblickt man die steilen Schieferdächer der Stadt in allen ihren regellosen Lagen und Höhen zueinander.

Vornehmere Fachwerk-
häuser sind selten.

eine Farbe, nur einen stillen Schein der Landschaft zugesellt, ist das Bestimmende aller Moselorte. Diese Einheitlichkeit, diese Geschlossenheit des Materials und seiner Verwendung ist Wohltat für Auge und Gefühl, ist fast Stil, und jedenfalls erprobte einfache Art. Rührend winzige Gemüsegärten bei den Häusern, oft hintenheraus in Höhe des Daches oder der Dachkammer, wo auf dem Raum eines Zimmers Kohl und ein paar Kräutchen gebaut und gehegt werden – nie ohne den Weinstock, der sich darüber am Berghang oder an der Grundmauer des oberhalb gelegenen Hauses emporrankt –, und zwischen dem allen die schmalen und steilen Stiegen, die die Straßen ersetzen: das alles ist Cochem, das alles ist so manches Dorf und Städtchen den Fluss hinauf und hinunter. Das Fachwerk der Häuser ist dürftig; vornehmere Fachwerkhäuser sind selten, sind Sehenswürdigkeiten für Fremde, die Einzelheiten brauchen und die Landschaft nicht verstehen. Die Kirchlein stehen in ihrem bäuerlichen Barock ziemlich dürftig da. Keines durfte viel von den Andächtigen

Die Kirchlein stehen in ihrem bäuerlichen Barock ziemlich dürftig da.

des Ortes erwarten. Nur die Bischöfe von Trier und die Klöster im Lande bezogen alljährlich ihre Weinernten von den Dörfern: zwei Fuder, drei Fuder – vom Besten.
„Wie viel Uhr ist es?“, fragte die Zigeunerin, als ich mich gerade mit einem kühlen Schauder einer schmalen künstlichen Tropfsteinhöhle oder -nische zuwandte, die ich vorher nicht bemerkt hatte. In ihrer künstlichen, mit einer kleinen Wasserleitung erzeugten Feuchte hielt sich ein hellblaues, blasses Marienbild auf: von modernster Glätte und modernster Gebräuchlichkeit. Es stand auf dem schönsten Punkt des Berges, die Welt zu seinen Füßen, und blickte traurig und schmerzlich aus dem ewig niederrieselnden Getropf in das Land. Rührend und kindlich war grünes leichtes Gerank außen über die Steinnische gezogen. Aber die Maria drinnen merkte nicht viel davon. Nur ein winziger blauer See von blühendem Immertreu, ein kleines blaues Pfützchen lag, ihr vorbehalten, zu ihren Füßen.
„Trennen Sie sich nur! Wie viel Uhr ist es also?“, rief die Zigeunerin eindringlicher. Ich überließ die Äußerung der Frömmigkeit vor mir sich selbst und zog die Uhr aus der Tasche, um ihr Bescheid zu geben.
„Ich trage nämlich keine Uhr“, sagte sie, um sich zu rechtfertigen. „Man braucht hier keine. Man bleibt, wo man mag, und geht weg, wann man mag. Alles geht langsam. Selbst die Eisenbahn von Bullay bis Trier hat die Geschwindigkeit einer Blindschleiche und macht sicher so viele Windungen wie eine solche. – Und überhaupt Uhren! Die Uhr bei der Frau ist wie der Kragenknopf beim Mann. Immer ist etwas Unangenehmes mit ihr los. Bald ist sie weg, bald bockt sie, bald ist sie zerbrochen – wie der Kragenknopf.“
Ich musste lachen. „Sie machen aber doch im Übrigen einen ganz geordneten Eindruck“, sagte ich. „Jaa“, – machte sie gedehnt, „aber Uhren lieben mich nicht. Da ist meine Grenze. – Auch kein Schmuck bleibt bei mir.“ Ich blieb einen Augenblick stehen, um sie zu betrachten. Es war richtig. Sie bestätigte wieder die Gegend. Was sollte Schmuck hier? Er hätte Unruhe, einen falschen Ton, eine Ablenkung in die Landschaft gebracht.
Bald saßen wir unten im Wagen, der schon stromauf gerichtet war.

Die Fähre kommt herüber.

Es gibt nur die eine Straße an dem linken Ufer um den Crampen von Cochem herum, die fast in sich selbst zurückkehrende Schlinge des Flusses. Wenig Brücken, viele Fähren, immer sich gleichend im gleitenden lautlosen Gang hinüber, herüber: das sind seine Übergänge. Die Farbe des Wassers ist heugrün, matt, die blaugrünen Rebengelände spiegelnd, da und dort wie ein feiner glänziger Pelz. Ein, zwei bescheidene Dampfboote bilden den ganzen Verkehr eines Tages.

Aber die lustigen kleinen Paddel- und Faltboote, weiß und gelb, sind hier umso ungestörter in ihrem Element.

„Valwig, Bruttig, Ellenz." Die Zigeunerin nennt die Weinnamen. „Beilstein, drüben. Halt! Ein Judendorf." Der Wagen steht. Die Fähre kommt herüber. Der Fährmann – es ist, als ob jede Fähre des gan-

zen gewundenen Flusslaufs von demselben Manne bedient würde, so sehr ist es immer der Gleiche – nimmt fünf Pfennig für jedes Überholen und gibt mir, da ich ihm zwanzig für mich und die Zigeunerin gebe, wortlos zehn zurück. Drüben ist ein Dörfchen mit den engsten Gässchen, deren natürliches Pflaster die Schieferstufen des Gebirges sind. Kaum zweihundert Seelen hausen seit Jahrhunderten in dem starren, unbeweglichen Kern von schiefergeschichtetem Gemäuer. Ausgetretene Schwellen, glatt geschliffen von nackten oder weichbeschuhten schleifenden Füßen, unheimlich anzuschauen, reden eine stumme Sprache. Ein Judenmädchen huscht unter rotschwarzem, krausem, dicklichem Haar wie unter einer Wolke mit scheuem Satz aus einer Tür in eine andere über die Straße. Auch auf der Fähre sind beleibte, plumpe, gutmütig-langsame jüdische Weiber, scheu und fremdblickend, als gehörten sie noch dem Mittelalter an, sichtbar geworden. Hier

Beilstein ist ein Dörfchen mit den engsten Gässchen.

Winzerschenke
Gästezimmer Du/WC
frei
Winzerschenke

tragen sie vielleicht noch an dem Geschick ihres Volkes. Hier siedelten ihre Väter, aus allen anderen Orten der Umgegend immer von Neuem ausgewiesen, unter dem Schutz des Burgherrn, dem sie in den Weinbergen fronten, seit langen Jahrhunderten. In jenen Jahrhunderten leben sie noch. Die Berge zwängen sie ein, wie von jeher; eher dass die Reben noch näher herangerückt sind. Was enthielt ihre Geschichte in Jahrhunderten mehr, als dass den Weinzehnten hier die Abtei Steinfeld erhob? Eine verlorene Hoffnung nur verbindet sie mit der Gegenwart. Der Bau der Moselbahn sollte das Örtchen ergreifen. Schon war der Tunnel durch den Crampen geführt, da ward seine Mündung vermauert. Der Vertrag von Versailles verbietet die Fortsetzung des Werkes.

„Ist das der Platz, einen Liebeskummer zu heilen?“, fragte ich die Zigeunerin. Ruhe

Ausgetretene Schwellen, glatt geschliffen von nackten oder weichbeschuhten Füßen.

genug war hier. Sonne, Fluss, Rebengelände, eine lautlose Fähre, ein paar weiche Schritte von Haus zu Haus, ein reizendes Gasthaus, von einer üppigen jüdischen Wirtin aufs Beste betreut; das waren die Aufregungen des Ortes.

Die Zigeunerin blinzelte. „Vielleicht das nächste Mal.“

„So? Denken Sie schon an den nächsten Schmerz und an die nächste Heilung?“

„Ja“, meinte sie treuherzig. „Sehen Sie: es

Die fast in sich selbst zurückkehrende Schlinge des Flusses.

begegnet mir ja doch immer wieder. Immer verliebe ich mich wieder. – Und dann habe ich Kummer."

Wir setzten uns bei der hübschen Wirtin zu Tisch. (Drüben überm Fluss stand das Auto.) So aßen wir gemeinsam Moselaal blau und tranken den beweglichen rassigen Wein dieser Berge, als ob es so sein müsste. Beim ersten Glas sagte die Zigeunerin, indem sie es mir entgegenhob: „Ich wünsche mir, dass ich am Ende der Fahrt geheilt bin – und Sie dann liebeskrank."

„Na", warnte ich, „wir werden doch nicht *beide* krank werden?"

„Ach nein!", erwiderte sie und sah ganz ernst in ihr Glas, bevor sie es plötzlich in einem großen Zuge mit wenigen Schlücken leerte, „das andere ist noch zu nah. Ja – wenn es nicht so nah wäre –." Sie wurde nachdenklich. Plötzlich brach sie auf. „Kommen Sie", sagte sie, „ich muss den Wagen aus der Sonne fahren. Ihm wird sonst heiß."

Der Fährmann setzte uns über, und die Fahrt ging weiter.

Das Volk dieser Landschaft hat eine ihm eigentümliche unbekümmerte Frömmigkeit. Ganz auf sich selbst angewiesen, vom großen Weg der Kunst am Rhein abgelegen, auf überlieferte Formen und Stile kaum angewiesen, in seinen Anschauungen bäuerlich und unbefangen, äußert sie sich weniger ergreifend als merkwürdig. Da ist denn vieles möglich, was anderswo nicht möglich wäre.

Wenn auch die blaue moderne Madonna in der Tropfsteinnische über Cochem vielleicht noch anderswo sichtbar wäre, so ist wohl sicher Christus in der Kelter, in der Kreuzkapelle auf dem Berge des Weinortes Ediger – wenn sich auch Wiederholungen fänden –, in solcher winzerhaft-drastischen Gewalt eine ortseingeborene Vorstellung und diesem Land allein gehörig. Christus steht, Hände und Füße vom Kreuze gelöst, aber mit Leib und Haupt noch kühn mit dem Kreuzesstamm verbunden, der von hinten ins Bild ragt: über der Kelter. Das Blut des Heilandes fließt aus den Nagelwunden der Hände und Füße in die Kelter und mischt sich dem Wein.

Christus in der Kelter, in der Kreuzkapelle auf dem Berge des Weinortes Ediger

IESVS TRADITVS EST OB DELICTA NOSTRA
ROM 4

Blut und Wein, so nahe zusammengebracht von der Kirche –: erst der Weinbauer dieses Landes ließ sie ganz zusammenfließen. Wie fern ist Mystik, wie fern Schwelgerei des Gefühls, wie fern Überschwänglichkeit. Erst ihm wurde es möglich und heilig, Blut zu keltern. Erst ihm ward Christi Blut dazu tauglich. Keine Transsubstantiation, in der sich Wein in Blut verwandelt. Keine Symbolik, keine Jenseitigkeit, keine Verhüllung. Blut wandelt sich in Wein – oh! es verwandelt sich nicht mehr. Ihm ist es erlaubt, Christi Blut zu trinken.

„Bremm, Neef, Aldegund, Alf", sagt die Zigeunerin mit den Pausen zwischen den Worten, die ihre Entfernung voneinander ausdrücken. Dann geht es auf einer öden Eisenschienenbrücke hinüber ans rechte Ufer: „Bullay, Merl, Zell", fährt sie in derselben Weise fort. „Traben-Trarbach: hier können Sie in Wein ertrinken – und der

Dann geht es auf einer öden Eisenschienenbrücke hinüber ans rechte Ufer.

Traben-Trarbach

HOTEL
B53

Tod schmeckt auch noch gut!" Was die Namen bedeuten: die Weinberge sagen es. Da und dort hält man an einem wohlhabenderen Fachwerkhaus, an einem Kirchlein, das nichts verspricht und nichts hält, an einem Weinwirtshaus, wo ein neuer Name versucht wird – um seinen Geschmack, seine Art, um sozusagen den Ort auf die Zunge zu bekommen.

Was ist es mit dem Wein dieses Landes? Das ist die Frage. Hat die Zigeunerin recht? Ja, sie hat recht. Ich will ihn loben für all seine Lagen. Ich denke an ihn und sinne ihm nach, wie ich so an Weinberg und Weinberg vorüberfahre.

Der Wein macht nicht heiß. Er ist kühl und mundet. Er ist ohne Beschwer und Hinterhalt. Leicht, flüchtig, fein und hell – wie eine liebenswürdige frische Musik, die nachklingt, ohne Körper und Gemüt zu belasten – nimmt er kaum Besitz von dir. Er lässt sich genießen: das ist seine Ehre, das ist sein Ehrgeiz. Wenn der schwere Rheinwein wie flüssiges Gold in den Adern rollt und pocht, den Trinker beansprucht bis zu einem Taumel von Glück und Rausch, in dem er stumm vor seinem Glase sitzt und sich und die Welt vergisst, vertauscht der Moselwein nicht heimlich zu seinen Gunsten die Gegenwart mit einer anderen Welt. Er geht dir nicht einmal nach. Er macht sich nicht wichtig; er gleicht darin dem Landeingeborenen. Glück und Rausch sehen anders aus in diesem Land: ruhiger, stiller, bescheidener, weniger entrückt und entrückend; man möchte fast sagen: einfacher und sachlicher. Schwere Trinker, unergründliche Bäuche, unerschütterliche Kehlen, weinselige Zungen und Herzen in Permanenz: – es gibt sie hier wie dort, zu jeder Zeit und von Geschlecht zu Geschlecht. Sie gehören zum Bestand dieser Landschaft wie anderer Landschaften, wo Wein wächst. Ja: sie haben etwas Ehrfurcht gebietendes in ihrer Sorge und Liebe zum Wein. Denn in die Sauflust mischt sich die Liebe: man weiß nicht, wo es beginnt. Gott hat viele Arten von Andächtigen. Es hieße Land und Leute fälschen, wenn man diese verschweigen wollte.

„Wenn der Wein nicht wäre, könnte ich's hier gar nicht aushalten", sagt ein trefflicher Weinbergsbesitzer, der früher die Welt gesehen und befahren hat. Und er erzählt von Wein und Jahrgängen, von Ernten und Missernten, von früher und jetzt,

Da und dort hält man an einem Weinwirtshaus.

von einstigem Wohlstand und heutiger Not. – „Aber wenn der Wein gut wird", sagt er, „kann man es wieder aushalten." Die Weinlesen sind froh, aber nicht laut. Die Leute der Mosel erkennen den Fremdling fast augenblicklich an der fal-

schen Einstellung zu ihrem Land. Die Fremden erwarten vom Weinland und Weinvolk ein lautes Wesen, Ausgelassenheit, Übermut, wohl auch Derbheit und hitziges Blut. Sie glauben, das alles zu finden, und daher bringen sie's mit. Auch die Winzerfeste sind mehr eine Vorstellung der Fremden als ein Brauch. Einzig an der Untermosel gibt es in guten Jahren richtige Winzerfeste.
Aber auf den schwarzen Layen (ley oder lay = Fels; Schieferfels), wo die Schieferscherben in der Sonne blitzen, wächst nicht jedes Jahr eine frohe Ernte heran. In kalten Jahren pflücken frostige klamme Finger oft genug steinharte Trauben von den mühsam gepflegten Bergen. Dann ist es sehr still im Lande. Ein herber (nicht derber) Scherz ist vielleicht alles, was sich durchbricht.

Nun sind wir bis zum Herz des Landes vorgedrungen. Das wohlhabende Bernkastel ist erreicht.

Nun sind wir bis zum Herz des Landes vorgedrungen.

Badstub
Zur Badstube

Apotheke
servatius

Aber noch viele Namen sprach vorher die Zigeunerin, alle berühmt und viel genannt: Uerzig mit seinem Würzgarten, Kranklay (grandelay), Urglück, Pichter, Schwarzlay: ein ganzer Strauß von Würze, Blume und Erdduft; Zeltingen, Graach mit den volleren wuchtigeren haltbaren späteren Weinen der sogenannten I. Bonität. Alle diese Orte wären nichts ohne die Rebe. – Danach die endlose Parade, der Millionenaufmarsch, das große Heerlager des Weins, das schon eingangs erwähnt wurde.

Bernkastel bringt mir besonderes Beispiel für die unbekümmerte, fast gefühl- und gedankenlose Religiosität dieser Menschen bei. Aber man ist ihnen nicht gram darum. Weder Fanatismus noch Verzückung, weder Vorbild noch eigentlich auch nur Bedacht hat das Kreuz aufgerichtet, das dort die Straße hinauf- und *zugleich* hinabsieht. Es ist ein doppelseitiges, freistehendes Kruzifix. In zweifacher Gestalt ist der Leichnam am gleichen Kreuze

Das wohlhabende Bernkastel ist erreicht.

sichtbar; zweifach an dem gleichen plumpen Stein ist Christus gekreuzigt. – Die Magdalena am Fuß des Kreuzes – sie weiß nicht mehr, zu welchem Leibe des Geliebten sie gehört. (Bezeichnet auf der augenscheinlich späteren Seite mit der Jahreszahl 1750.)

Ich bin etwas erschöpft und die Zigeunerin ist etwas müde. Nach mancher Rast und manchem Aufbruch, nach endlosem Schauen, nach vielerlei Wein wurden die Windungen des Flusses gleichförmiger. Die Weinberge verschoben sich noch, aber es waren immer die gleichen. Die Orte wechselten ihre Namen, aber nicht mehr ihr Aussehen.

„Fahren wir nach Trier", sagte die Zigeunerin und gab Gas.

Das Auge ruhte sich. Der Abend kam. Ich saß schweigend neben der Frau, die nur die Strecke der Straße zwischen den Lichtkegeln des Wagens in ihren scharfen und sicheren Blick nahm. Eine Stunde vor Mitternacht hielt sie vor dem besten Hotel Triers.

Sie hielt vor dem besten Hotel Triers.

SUBWAY
LAMBERT
Potts

„Ich esse noch mit Ihnen zu Abend", sagte sie warm, als ob sie sich nun auf etwas besonders Nettes freue. Sie war wieder völlig munter, ebenso wie ich. „Es ist eben doch ein wohltätiges Land", rief sie noch auf der Treppe wie einen Dank.

Nach einer Weile, in der ich mich erfrischt und soweit es meine Wäschevorräte zuließen umgezogen hatte, kam sie herunter. Sie trug ein sehr hübsches halblanges Seidenkleid, das sie größer machte. Sie war eine vollendete Dame. Sie war weder geschminkt noch gepudert. Sie hatte kein Zigarettenetui und rauchte nicht. Sie trug keinen Schmuck – was alles ihr auch gar nicht anstand. Ich hatte alle diese angeblichen Zutaten und halben Notwendigkeiten zu einer Dame nie an ihr gesehen. Aber sie hatte eine Vorgabe gegen alle bestäubten, geschminkten, geschmückten, gemalten, gelangweilten Damen der Welt.

Ich sagte es ihr. Ich sagte ihr, dass ich sie bewundere – „ich bewundere Sie, Sie kleines Scheusal", sagte ich, welches Wort sie mit

Schön ist die Stadt im weiten Becken von Trier.

ihrem Lachen und dem blitzenden Aufmarsch ihrer wunderbaren Zähne im Nu widerlegte –; ich sagte ihr also nochmals, ohne das Scheusal, dass ich sie bewundere, weil sie keinen Schmuck, keine Schminke, keinen Puder, keinen Spiegel, kein Zigarettenetui, ja nicht einmal eine Uhr in Anwendung bringe, gar nichts Künstliches – wie das Tal, das wir gemeinsam durchfahren hatten –, und dass ich es ihr danke, all das *nicht*, sondern nur *sich* mir gegenüber in Anwendung gebracht zu haben.

Das Essen war längst beendet und abgetragen. Nur ein letztes Glas Wein stand vor ihr und vor mir.

„Sind Sie nicht wirklich wie die Landschaft, die Sie so sehr lieben – aber noch mit natürlichen, tätigen Vulkanen in der Tiefe?“, fragte ich, da sie mir wirklich so vorkam.

Sie senkte bei meinen Worten die Augen. Weder ihr Alter noch die Sonnenfarbe ihres Antlitzes verhinderte sie, bis in die Stirn herauf zu erröten. Sie errötete freimütig. Sie versuchte nicht einen Augenblick, es zu verheimlichen oder darüber hinwegzugleiten.

„Sehen Sie“, sagte sie aufblickend, fast vorwurfsvoll, als ob sie mir eine Schuld gäbe, „nun lasse ich mich schon wieder treffen wie von einer Liebeserklärung! Und das wollten Sie doch gar nicht?“

„Man weiß einer Frau gegenüber nie“, sagte ich, „wie weit man davon entfernt ist.“ (Ich wusste es wirklich nicht.)

Ich weiß nicht, ob sie bei diesen Worten unter dem Tisch leise und verhalten aufstampfte. Zugleich jedenfalls hatte sie, was ich noch nie an ihr gesehen, ein kleines Taschentuch hervorgezogen, es zwischen die Zähne geschoben, und biss nun zornig und an sich haltend darauf herum, dass es knirschte.

In dieser Beschäftigung saß sie lange gesenkten Auges stille. Dann blickte sie mich offen an und reichte mir über den Tisch die Hand.

„Nein“, sagte sie. „Ich habe mir geschworen, mich nicht so bald wieder zu verlieben. Diesmal habe ich zu große Angst. Und“, fuhr sie lächelnd fort – es war das

Drei Kulturen lagern hier
übereinander –
alle in Trümmern.

Hier steht es, die Porta Nigra, gen Norden gerichtet.

letzte Male, dass ich diese schönen Zähne sah – „ich könnte nicht einmal eine Moselfahrt mit meinem nächsten Kummer machen. – Sie wissen nicht, wie das ist."
Ich wusste es wohl. Ich ging nicht darauf aus, sie zu verstricken und an die Vulkane zu rühren. Sie kannte sich.
Ich machte mir einen Vorwurf, vielleicht in Worten etwas zu sehr mit ihr gespielt zu haben, als ich langsam mit dem Ende dieses Tages schlafen ging.
Am andern Morgen war die Zigeunerin verschwunden. Es war ganz nach ihrer Art, die Sentimentalität eines Abschieds zu vermeiden. Was sind Abschiede? Nie sagen sich die Menschen dabei, was sie sich sagen wollen. Ich verstand sie. Sie blieb sich treu. Aber indem sie mir nicht nachzugehen strebte – wie die Landschaft und der Wein, die sie um deswillen liebte –, ging sie mir mehr nach in der Stadt, die mich nun umfing, als je eine Reisebekanntschaft, die ich gemacht habe. Hatte ihr Wunsch sich erfüllt? War sie geheilt? War ich verliebt? Sie hatte den Schauplatz weggezogen, auf dem sich das zu erweisen gehabt hätte: ihre Gegenwart. Das entrückt freilich. Ich war allein in Trier! Hatte ich alles nur geträumt? O nein! Sie hatte mir sogar ihren Namen genannt. Aber es war so ganz wesenlos in dem Erlebnis, dass ich allein ihn für geträumt oder erfunden oder eingebildet zu halten geneigt war. Wie auch immer: sie hatte gesprochen und geendet und wusste nicht, wie unbeendbar sie hierdurch für mich wurde.
Und doch, als ich nun die Straßen der Stadt betrat, nahm ich sie eigentlich nicht mit herein; auch in Gedanken nicht. Ihre Gestalt, ihr Bild, unser Erleben gehörte ganz jener Landschaft, die wir mitsammen im wahrsten Sinne erfahren hatten.

Hier ist Trier. Die älteste Stadt Deutschlands. – Das heißt viel. Drei Kulturen lagern hier übereinander – alle in Trümmer. Keltentum, Römertum, christliches Germanentum folgen einander in der Zerstörung. Keine Stadt der Welt hat solche Zeugnisse auf dem gleichen engen Grunde. Dieses römische Tor wäre nicht das gleiche in einer Ruinenstadt nur römischen Ursprungs. Hier steht es, die Porta Nigra, gen Norden gerichtet, der Eingang – nicht zu einer Stadt – der nördliche Eingang zu einem Reich, das einmal die Welt bedeutete. Kein anderes Reich hat je die Welt bedeutet.

Die Ansammlungen römischer Altertümer, römischer Kunst im Museum wirken erdrückend, steinern, tot. Kunst war nicht Roms Sache. Aber zu bauen wussten die Römer. Doch das wussten sie auch in Rom. Aber was an Triumphbogen, Theatern, Tempeln und Palästen dort steht oder verfiel: Rom hat keine Porta Nigra. Dieser Ausdruck, hier im Lande nordischer Notwendigkeiten und Derbheiten, ist einzig. Schön ist die Stadt im weiten Becken von Trier, aber ihre Größe ist in die Schwärze des Tores gehüllt.
Indes die Landschaft verlässt das Moselhafte. Die Abfälle des Randgebirges am linken Moselufer zeigen eine rote Erde. Nordfranzösische Juraschichten greifen weit herüber.

Als ich an einem der nächsten Tage mit der Bahn die Mosel hinabfuhr, wieder vorüber an vielen der Orte, die ich stromaufwärts besucht, saß in der Ecke ein Mann, der eifrig und froh in die Landschaft hinaussah. In den langen Tunnels sitzt er traurig. Aber sobald der Zug wieder ins freie Sonnenlicht kommt, glänzen seine Augen auf. Er mag wohl alle die Lagen und vielerlei Leyen kennen, wo Wein wächst. Fast verliebt schaut er, unbekümmert um mich, der ich aus der andern Ecke des Wagens ihn beobachte, über die Weinberge. Und manchmal kommt eine kleine merkliche Erregung über ihn. Und dann geschieht es, dass er, ohne den Blick zu verwenden, in die Westentasche greift und sanft und zärtlich einen Weinpfropfen aus der Tasche nimmt, um ihn verzückt an die Nase zu führen und ein Weilchen fromm daran zu riechen.

592

Unser Erleben gehörte ganz jener Landschaft,
die wir mitsammen im wahrsten Sinne erfahren hatten.

Bildlegende:

Bilder: Seite 4/5 Moselkern; Seite 8/9: Burg Eltz; Seite 10/11: Burg Metternich, Seite 12/13: Poltersdorf; Seite 14/15: Merl; Seite 20/21: Koblenz; Seite 22/23 und 26/27: Cochem; Seite 32/33: Hatzenport; Seite 35: Cochem, Marktplatz; Seite 36/37, 38 und 39: Cochem; Seite 41: Fähre Beilstein; Seite 42/43, 44 und 45: Beilstein; Seite 46/47: Moselschleife bei Bremm; Seite 49: Kreuzkapelle Ediger; Seite 50/51: Moselbrücke in Bullay; Seite 52/53: Traben-Trarbach; Seite 55: Brückentor in Traben-Trarbach; Seite 56/57 und 58/59: Marktplatz in Bernkastel; Seite 60/61: Marktplatz in Trier, Seite 62/63: Kurfürstliche Palais in Trier; Seite 65: Amphitheater in Trier; Seite 66: Porta Nigra in Trier; Seite 68/69: Festung Ehrenbreitstein in Koblenz.

Bibliografische Information der Deutschen Nationalbibliothek

Die Deutsche Nationalbibliothek verzeichnet diese Publikation in der Deutschen Nationalbibliografie; detaillierte bibliografische Daten sind im Internet über http://dnb.d-nb.de abrufbar.

Dem vorliegenden Text liegt der Wortlaut der Ausgabe „Das große Rudolf G. Binding Buch" vom C. Bertelsmann Verlag, 1979, zugrunde.

Die Rechtschreibung wurde den neuen amtlichen Regeln behutsam angeglichen.

Gesamtherstellung: Husum Druck- und Verlagsgesellschaft
Postfach 1480, D-25804 Husum – www.verlagsgruppe.de

ISBN 978-3-89876-433-9